Traductions d'auteurs grecs et latins offertes à François Ier et à Anne de Montmorency par Étienne Le Blanc et Antoine Macault.

Extrait du *Journal des Savants*. — Août et Septembre 1900.

La bibliothèque du Musée Condé, dont le noyau se compose des débris de la librairie fondée au XVIe siècle par le connétable Anne de Montmorency dans le château de Chantilly, s'est enrichie cette année d'un des plus somptueux manuscrits qui aient été faits pour ce grand ami des lettres et des arts : un livre d'heures, daté de l'année 1549, dont les peintures ont été exécutées dans le même atelier que les Heures de Henri II et les Heures dites *de Dinteville* [1].

L'entrée d'un aussi beau livre au Musée Condé a appelé mon attention sur les manuscrits à peintures de l'illustre connétable, que les hasards des temps et les révolutions ont dispersés et fait passer à l'étranger, sans que nous puissions espérer les voir jamais revenir en France.

Tel est un exemplaire de la plus ancienne traduction française des Discours de Cicéron, cité déjà depuis longtemps comme un des plus remarquables manuscrits de la bibliothèque impériale de Saint-Pétersbourg. La Direction de cette bibliothèque ayant bien voulu m'en accorder la communication, j'ai voulu mettre à profit cette insigne faveur, pour faire connaître un volume qui n'est pas simplement une œuvre d'art exquise. Le texte qu'il renferme se rattache à l'histoire de l'humanisme français. L'examen que j'en ai fait m'a conduit à tirer d'un injuste oubli le nom de deux hommes qui appartiennent en même temps à l'histoire administrative et à l'histoire littéraire du règne de François Ier : Étienne Le Blanc et Antoine Macault. Tous les deux furent de modestes employés de bureau, qui s'élevèrent, par leur intelligence et leur probité, à des charges assez importantes, et qui, grâce aux encouragements de François Ier et d'Anne de Montmorency, contribuèrent

[1] On trouvera la description de ce beau livre dans la *Revue de l'art ancien et moderne* de M. Jules Comte (t. VIII, p. 321-334 et 393-404), et dans l'*Annuaire-bulletin de la Société de l'histoire de France*, année 1900, p. 107-134.

à répandre dans l'aristocratie et dans la bourgeoisie française le goût de la littérature de l'antiquité.

Avant tout, je dois décrire le volume de Saint-Pétersbourg, qui a été l'occasion et le point de départ de cette étude.

I. *Traduction de Discours de Cicéron offerte par Étienne Le Blanc au grand maître Anne de Montmorency.*

Il s'agit d'un volume in-folio, de 101 feuillets de parchemin (324 millimètres sur 218), écrit et enluminé avec le plus grand soin.

La page qui lui sert de frontispice est couverte en entier par un tableau, haut de 304 millimètres et large de 190, sur lequel est représenté Anne de Montmorency, debout, le bâton de grand maître à la main; à ses côtés se tiennent neuf personnages richement costumés; il fait avancer vers lui Étienne Le Blanc, vêtu de noir. La scène se passe dans une pièce luxueusement aménagée. Le dallage de cette pièce est en marbre de diverses couleurs; un chien y est accroupi aux pieds de son maître. Sur le mur du fond sont accrochées des tapisseries de verdure. Au mur est adossé un large dressoir sur lequel s'étagent des verres cerclés d'or, des buires, des flacons et des plats, les uns en or, les autres en faïence bleue. Une grande fenêtre à quatre compartiments, garnie d'un ingénieux système de volets et dont les vitraux sont décorés des armes de France, s'ouvre sur un parc dans lequel on entrevoit de beaux arbres et un pavillon d'une architecture assez compliquée.

L'encadrement, en or très finement moulu, se fait remarquer par l'élégance et la solidité de sa construction, et s'harmonise merveilleusement avec le tableau, dont il contribue à faire valoir la composition et la couleur. Au bas, l'écu de Montmorency, surmonté de la couronne de baron et entouré du collier de l'ordre de Saint-Michel, le tout enfermé dans une couronne de feuillage égayé de quelques roses.

La photographie ne saurait donner une idée de la perfection du travail exécuté par un artiste d'une merveilleuse habileté, dont il est bien regrettable de ne pas connaître le nom.

Le volume a conservé sa reliure originale : des ais de bois recouverts de velours rouge, brodé de fil d'argent, avec les armes de Montmorency, également brodées en argent.

Au commencement du livre, sur la page faisant face au frontispice, le traducteur a fait copier une longue épître dédicatoire, dont la suscription a été tracée en lettres d'azur. J'en insère ici le texte, d'après la copie que le savant et obligeant conservateur, M. Wladimir Stassoff, avait bien voulu me donner et dont je n'ai eu qu'à constater l'irréprochable fidélité :

A très noble et très illustre seigneur Messire Anne, baron de Montmorency, chevalier de l'ordre du Roy, Grand Maistre et Mareschal de France, Gouverneur et Lieutenant général dudit seigneur en ses pays de Languedoc, Estiene Leblanc, conseiller d'iceluy seigneur, Contrerolleur general de son Espargne, et vostre très humble et très obeissant serviteur, accroissement d'honneur et de vertu, avec santé en bonne et longue vie.

Très noble et très illustre seigneur, Si en nostre langue françoyse se povoit trouver homme doué de si grande facunde et eloquence qu'il eust entrepris à parler de vous par haulte louenge, il y trouveroit sans doubte grande et copieuse matière pour ce faire. Car les maistres d'art de eloquence, ainsi que j'ay pu congnoistre, dient qu'il y a troys moyens par lesquelz on peult louer ung personnaige de grand nom et authorité, pourveu que d'iceulx prudemment il use. Le premier est par les biens exterieurs, comme grande noblesse, grand appuy d'amys, grand avoir et opulence, et autres biens, qu'on appelle largesse de bonne fortune; le second, par les adventaiges du corps, comme santé, dexterité, force, agilité et beaulté corporelle; le tiers, qui sur tous les autres fait à louer, est vertu, laquelle a soubz elle plusieurs ministres, comme clemence, justice, prudence, foy, benignité et temperance, et peult chacun qui est capable d'iceluy bien à trop meilleur droict le dire sien que les autres, pour ce que telz biens sont en la personne et ont perpetuelle concomitance avec la vie, et ne sont subjectz à mutabilité sans le liberal arbitre de l'homme; et au personnaige auquel ceste espèce de biens se rencontre avec les autres cy dessus declairez elle fait sans doubte le comble et accomplissement de la creature humaine.

Or est noblesse en la personne, ainsy que dit Aristote, antiquité de lignée notable avec richesse, ce que grandement et par honneur on peult dire estre en vous : Car vous estes descendu de la très noble et ancienne maison de Montmorency, laquelle, pour les grandz et très recommendables services que ont fait à la couronne de France voz ancestres et predecesseurs seigneurs d'icelle, est digne de toute louenge, et s'est continuée ceste noblesse dont je parle jusques à vostre personne en toute fleur, force, vigueur, perseverance de nom et d'armes, et par si longtemps que son commencement excède la memoire des hommes. Et combien que toutes choses par laps de temps passent, si par les mesmes moyens qu'elles ont pris vie et naissance, elles ne sont maintenuees en leur entier, toutes fois autrement est advenu en vostre très noble maison. Car en ce temps ne se sont voz armes seulement conservées en leur ancien honneur et bonne renommée, ains aussi par vous se sont repolies et remises en leur première clarté, et ne vous estes tant fondé et appuyé sur la noblesse et grandeur de nom que voz ancestres vous ont laissé, comme de vous mesmes avez iceluy accreu. Et si devant vous ilz ont porté les flambeaulx de vertu et la lumière de leur renommée, pour vous conduire en honneur et advancer en l'estat de noblesse, vous n'avez icelle lumière laissé estaindre, mais grandement augmentée par clarté illustrante, laquelle gardera sa vigueur tant et si longuement que vostre postérité se gouvernera à l'exemple de vous.

Et quant est des biens et adventaiges corporelz, grandes chevances, nobles possessions, gros estatz, prééminences, authoritez, maniment des grandz affaires du roy et du royaume, ung chacun voyt ce que par voz vertuz en avez acquis et merité, pourquoy je ne m'y veulx pour ceste heure arrester. Car vostre fortune, ainsi qu'il me semble, est encores comme en son adolescence, et de jour en jour se augmentera jusques à ce qu'elle soit venue au comble de tous biens, en perseverant par vous es haultz et louables propoz qu'avez de present.

Reste maintenant à parler des moyens par lesquelz vous estes venu et jà avez monté tant de degrez tendans au comble d'honneur, qui sont prudence, magnanimité, diligence, industrie, vigilance, perseverance et autres parties de vertu, esquelles je ne veulx entrer, pour autant que, combien que l'entrée en soit aisée, toutesfois l'issue m'en seroit trop difficile, si j'en voulois parler comme il appartient et selon la conception que j'en ay comprise, tant par avoir veu que ouy dire. joinct que j'en parlerois trop plus facilement et amplement avec autres que avec vous. Mais, pour crainte de tumber en souspeçon de adulation, je me contenteray d'en dire jusques là qu'il fault qu'il y ayt en vous vertuz très singulières et dignes de grande recommendation, puis qu'elles sont tant approuvées par le roy, lequel je congnois, tant par moy comme par opinion des saiges, avoir esperit et jugement si bon que nul ne le peult avoir meilleur.

Et pour ce, Monseigneur, que sur toutes choses il est requis et necessaire à tout homme qui est appellé au gouvernement et administration des grandes principaultez et seigneuries avoir la faculté et facunde de art d'oratoire, pour persuader aux peuples et villes ce qui leur est utile, et aussi pour la conduicte des grosses armées, où souvent est besoing de inciter et esmouvoir les gens d'armes à donner maintz assaultz perilleulx et batailles doubteuses sans craindre l'effusion de leur sang ne la mort, qui à tous humains naturellement est espoventable, comme souventes fois on a veu advenir de maintes batailles perdues, lesquelles, par la grace du langaige disert et eloquence admirable des chefz et conducteurs d'icelles, ont esté recouvertes, j'ay, pour l'honneur de vous, Monseigneur, et pour l'exercice de vostre vertu, travaillé quelque temps pour en entendre aucune chose à mon povoir, et après me suis delecté, selon ma capacité qui est petite, de traduire de langue latine en langue françoyse quatre oraisons du grand orateur entre les Latins, Marc Tulle Cicero, ainsi que faire l'ay peu, non que je ne cognoisse assez mon sçavoir n'estre suffisant pour l'entreprise de si grand oeuvre, mais que, soubz l'ombre de son grand renom, se pourra couvrir l'impertinence de mon style et langaige mal poly et aorné, par lesquelles pourrez facilement veoir le grand artifice de l'ouvrier, lequel, pour son grand art d'oratoire, fut en son temps en si gros credit à Rome que, quant il en fut exillé par la faction de Clodius et autres ses ennemys, le senat, l'ordre des chevaliers et plusieurs nobles citoyens jusques au nombre de vingt mil laissèrent leurs habitz accoustumez et prindrent accoustrement de dueil, ainsi que luy mesmes recite en l'oraison qu'il feit au peuple après son retour dudit exil.

Vous suppliant très humblement, Monseigneur, vouloir aussi benignement recevoir le petit don que vous fais de la traduction des dictes Oraisons, comme feit Alexandre le Grand le present que luy feirent les Corinthiens du droict de bourgeoisie de leur ville, luy estant en ses conquestes d'Asie, non pour l'offre, qui en soy estoit de nulle estime comparé à sa grandeur, ains pour l'affection des offrans, qui de bon cueur luy presentoient la chose qu'ilz avoient plus chère, et au demeurant par vostre grande beniguité excuser la rudesse et imbecillité de mon entendement, qui n'est tel que d'iceluy puisse emaner oeuvre digne de vous estre presenté.

STEPHANVS BLANCVS FACIEBAT [1].

[1] Cette signature est tracée en lettres d'or sur une banderole ou ruban volant.

Le volume contient bien, comme la préface l'annonce, quatre Oraisons de Marc Tulle Cicéron : la première au peuple de Rome pour l'élection de Pompée (fol. 19), la seconde pour Marcus Marcellus (fol. 41), la troisième pour Quinte Ligaire, citoyen romain (fol. 52), et la quatrième aux juges délégués en la cause de Titus Annius Milo (fol. 65). Ces discours sont précédés de deux morceaux qui forment une sorte d'introduction. Le premier est intitulé : « De l'origine et naissance des Romains » (fol. 7), et le second : « Description des offices, dignitez, magistrats par lesquelz les Romains se sont gouvernez depuis Romulus, leur premier fondateur, jusques à Julles Cesar, dictateur ou premier empereur des Romains [1] » (fol. 11 v°).

Les premiers mots de l'épître dédicatoire, « messire Anne, baron de Montmorency, chevalier de l'ordre du Roy, grand maistre et mareschal de France, gouverneur et lieutenant général du dit seigneur en ses pays de Languedoc », prouvent que le manuscrit a été fait entre les années 1531 et 1538. C'est en 1531, après la mort de son père Guillaume, qu'Anne de Montmorency put être qualifié de « baron de Montmorency »; après 1538, on n'aurait pas omis de lui décerner le titre de connétable.

Nous verrons un peu plus loin qu'Étienne Le Blanc, à une date comprise entre les années 1526 et 1531, offrit à François Ier un autre manuscrit plus complet de sa traduction de Cicéron, et qu'un troisième exemplaire en fut présenté au chancelier Antoine Du Prat, entre les années 1529 et 1535. On ne peut guère s'éloigner de la vérité en fixant à l'année 1531 l'exécution du manuscrit d'Anne de Montmorency.

Je vais maintenant entrer dans quelques détails sur la vie et les œuvres du traducteur.

[1] Premiers et derniers mots de ces deux traités, qui devaient être aussi dans un ms. du cardinal Du Prat :

I. « *Origine et naissance des Romains.*— Très illustre seigneur, Pour vous rendre l'intelligence des presentes Oraisons plus facile, j'ay bien voulu, au commencement d'icelles, faire un brief recit par qui Rome premièrement fut fondée...

« Au commencement Dieu crea le ciel et la terre et autres choses qu'il feit par cinq jours... — ... ains me suffit seulement d'avoir monstré l'origine et naissance des Romains, et au demeurant poursuivre ce que en ceste matière j'ay entrepris. »

II. « *Description des offices*... Romulus, ainsi que recite Eusebe, fonda la cité de Rome IIIIe XX ans après l'eversion de Troye... — ... auquel succeda Octavius, son nepveu, lequel, durant sa vie, il avoit adopté pour luy succeder, qui depuis fut appellé Auguste Cesar, au temps duquel fut paix universelle, et soubz son empire naquist Nostre Seigneur Jesus Crist. »

Une autre rédaction du second traité sera indiquée plus loin, d'après un manuscrit offert à François Ier.

II. *Origine d'Étienne Le Blanc. — Ses travaux du temps de Louis XII.*

Étienne Le Blanc [1] était fils de Louis Le Blanc, notaire et secrétaire des rois Charles VIII et Louis XII. Il succéda à son père dans la charge de greffier de la Chambre des comptes [2]. Il termina le classement des archives de cette cour que Louis Le Blanc avait laissé inachevé, et rédigea l'inventaire encore connu de nos jours sous le titre de « Répertoire doré ».

Ce fut sous le règne de Louis XII qu'Étienne Le Blanc commença à faire œuvre de littérateur et d'historien. Il offrit à ce roi un petit volume, soigneusement écrit sur parchemin, qui contenait l'histoire d'Isabelle de France, fille de Charles VI, mariée d'abord à Richard II, roi d'Angleterre, puis à Charles, duc d'Orléans. Le titre de cet ouvrage a été relevé tout au long dans la *Bibliothèque historique* du P. Lelong [3] :

> Extrait sommaire ou discours du mariage de Madame Isabelle de France, fille du roi Charles VI, avec Richard, roi d'Angleterre, en 1395, et tout ce qui s'en est suivi jusqu'à la mort dudit roi Richard, et le retour de ladite reine, son épouse, en France, en 1401, et son second mariage, en 1404, avec Charles, duc d'Orléans, père du roi Louis XII, composé et présenté au roi Louis XII par Estienne Le Blanc, greffier des comptes, son secrétaire [4].

Le manuscrit original, jadis conservé dans les collections du baron de Hohendorf, a été incorporé dans la Bibliothèque impériale de Vienne, où il porte aujourd'hui le n° 2650. Le Catalogue publié par l'Académie des sciences de cette ville indique dans le même volume, fol. 47-74, un recueil de traités conclus entre les rois de France et les comtes de Flandre [5].

Je n'ai point trouvé dans le Catalogue précité la mention d'un autre

[1] Les détails biographiques qui vont suivre sont en partie empruntés aux lettres d'anoblissement que Henri II accorda en mars 1552 (n. st.) à Étienne Le Blanc et dont la substance est rapportée dans une pièce du Cabinet des titres : Bibl. nat., ms. français 29644, Dossiers bleus, n° 2403, fol. 9.

[2] À titre de greffier de la Chambre des comptes, il touchait un supplément de gages de 12 s. p. par jour en 1515 et 1519; *Catalogue des actes de François Ier*, t. I, p. 8 et 173, nos 47 et 978. Il fut remplacé comme greffier par Jean Spifame en 1525; *ibid.*, p. 408, n° 2155.

[3] Éd. Fevret de Fontette, t. II, p. 839, n° 28363.

[4] Les premiers mots de cet opuscule sont : « Au Roy, mon souverain seigneur. Sire, Pour ce que de tout ma jeunesse... »

[5] « De conjunctionibus initis inter reges Franciæ et duces Flandriæ, præcipue per matrimonia. Incip. : Les très chrestiens roys de France... » *Tabulæ codicum mss. Vindobon.*, t. II, p. 111.

mémoire historique d'Étienne Le Blanc, qui devrait être aussi dans la Bibliothèque impériale de Vienne, s'il a appartenu au baron de Hohendorf, comme il est dit dans la *Bibliothèque historique* du P. Lelong[1] :

Discours de l'entrée de la reine Isabelle de Bavière à Paris, et des joutes et tournois qui à icelle entrée furent faits en l'an 1385, par Estienne Le Blanc, greffier des comptes, secrétaire du roi Louis XII.

Étienne avait un motif particulier de s'intéresser à la reine Isabelle de Bavière. Son aïeul était Jean Le Blanc, qui avait été argentier de cette reine, et dont plusieurs comptes nous sont parvenus[2].

III. *Étienne Le Blanc au service de Louise de Savoie. Sa Vie de la reine Blanche.*

Tout en restant attaché à la Chambre des comptes, Étienne Le Blanc entra au service de Louise de Savoie, près de laquelle il remplit pendant dix-sept ans la charge de secrétaire des commandements[3]. Il composa pour cette princesse une Vie abrégée de Blanche de Castille, mère de saint Louis. La rédaction de cet ouvrage me semble devoir être rapportée aux premières années du règne de François Ier. L'auteur en a signé la dédicace sans joindre de titre à son nom.

L'exemplaire de dédicace est conservé à la Bibliothèque nationale sous le n° 5715 du fonds français[4]. Sur le frontispice qui remplit la première page, la reine Blanche, sous les traits de Louise de Savoie, en costume de veuve, est représentée assise, tenant un gouvernail, à côté d'un malade couché à terre. Les mots *insignis pietate* sont tracés en lettres d'or au-dessus de la tête de la reine. Dans la marge supérieure de la page, les mots *Dic verbo tantum — et sanabitur* sont disposés sur un double cartouche.

Au haut du verso de chaque feuillet un cartouche contient une inscription grecque : *ὁ Κρόνος τῆς ἀληθείας πατήρ*. Le texte latin correspondant : *Saturnus veritatis parens*, se lit sur les rectos. Au bas de chaque page se déroule une banderole chargée des mots : *Si qua fata sinant*, devise qui, sur la dernière page, est remplacée par : *Fata viam invenient.*

La couverture originale du manuscrit a été conservée. Elle consiste

(1) T. II, p. 713, n° 26131.

(2) Douët d'Arcq, *Nouveau recueil de comptes de l'argenterie*, p. LXIV. Le même Jean Le Blanc est cité comme argentier du roi Henri VI en 1426.

(3) Lettres d'anoblissement citées à la page 6, note 1.

(4) Déjà décrit par Hennin, *Les monuments de l'histoire de France*, t. VIII, p. 89.

en un tissu de velours noir, sur lequel on a brodé d'un côté un cerf forcé par trois chiens, au bord d'une fontaine, près d'Étienne Le Blanc, agenouillé aux pieds de la reine; la broderie du second plat se réduit à un arbre sur lequel est perché un gros oiseau.

IV. *Travaux administratifs d'Étienne Le Blanc sous le règne de François Ier.*

François Ier, qui avait reconnu dans Étienne Le Blanc l'étoffe d'un véritable administrateur, lui prodigua des témoignages de confiance et mit largement à profit son expérience et son intégrité. M. de Boislisle, qui connaît l'histoire de la Chambre des comptes aussi bien que celle du règne de Louis XIV, a bien voulu me communiquer un résumé des renseignements recueillis par lui sur Étienne Le Blanc : « De greffier passé auditeur[1], il commença, dit-il, en 1527 à jouer un rôle important comme contrôleur général de l'épargne[2], alors établie au château de Blois, et comme porteur d'une des clefs de ce trésor de François Ier. La même mission lui fut confiée quand le trésor fut transféré au Louvre, en 1537. » Cela est parfaitement d'accord avec les considérants de l'acte d'anoblissement : « En même temps, il a servi ledit feu seigneur et père du Roy en qualité de son lecteur et valet de chambre, chef, ordonnateur et conducteur de ses édifices, bâtimens et jardins de son chastel de Saint-Germain-en-Laye, et en plusieurs autres charges qui luy ont été commises, mesmement en l'état de conseiller, contrôleur général de son épargne et trésorier de son chastel du Louvre à Paris, avec tant de fidélité que, dans le maniement qu'il a eu, en cette qualité, de 50 millions de livres qui étoient entrez dans ledit trésor du Louvre durant cinq ans, et qui en ont été tirez pour les guerres et autres urgentes affaires, il ne s'est trouvé aucune faute ni méconte, chose assez rare en telle et si grande administration de nos finances... »

Mais je n'ai pas à m'occuper ici des actes administratifs d'Étienne Le Blanc. Je n'ai en vue que ses œuvres littéraires, œuvres qui, d'ailleurs, ne sont pas laissées de côté dans les lettres d'anoblissement.

(1) Ce fut le 2 novembre 1525 qu'il fut pourvu de l'office de clerc et auditeur des comptes; *Catal. des actes de François Ier*, t. I, p. 425, n° 2250.

(2) Sa nomination comme contrôleur général de l'épargne est du 9 mai 1527; *ibid.*, t. I, p. 504, n° 2660. Peu de jours après cette nomination, le 30 juin, le roi le chargea de juger Jacques de Beaune, seigneur de Semblançay; *ibid.*, t. I, p. 510, n° 2689 ; toutefois il n'est pas nommé dans les pages que Pierre Clément a consacrées au procès dirigé en 1527 contre Semblançay : *Trois drames historiques* (Paris, 1857), p. 190-202 et 394-407.

Henri II s'exprime ainsi à ce sujet : « De plus, le dit Le Blant, cognoissant combien nostre dit seigneur et père souhaitoit de restituer la langue françoise en sa pureté, le dit Le Blanc s'estoit mis en peine de traduire en françois douze Oraisons de Cicéron, ce qui n'a pas peu contribué à rétablir la noblesse de la langue françoise. . . »

V. *Traduction de Discours de Cicéron offerte par Étienne Le Blanc à François Ier.*

Le travail de traduction entrepris par Étienne Le Blanc sur les Discours de Cicéron ne nous est pas seulement connu par le somptueux exemplaire des quatre Oraisons qu'il présenta au grand maître Anne de Montmorency et qui fait l'objet principal de cette notice : nous possédons à la Bibliothèque nationale (nº 1738 du fonds français) un recueil de traductions beaucoup plus étendu, dont Étienne Le Blanc fit hommage au roi François Ier. Il ne contient pas moins de dix Discours, comme on le verra par la description sommaire que je me crois d'autant plus autorisé à insérer ici que le Catalogue des manuscrits de l'ancien fonds[1] n'entre dans aucun détail sur ce précieux volume :

Volume in-folio, de 261 feuillets de parchemin, hauts de 306 millimètres et larges de 210. Beaux caractères français, bien droits et bien nourris, parfaitement réguliers.

Fol. 1 vº. Frontispice peint, faisant face à une épître dédicatoire (fol. 2) sur laquelle j'aurai à revenir.

Fol. 7. Oraison de Cicero au peupple de Romme pour eslire Pompée empereur et chef de l'armée contre Mithridates.

Fol. 41 vº. Oraison que fait Cicero devant Cesar pour Quintus Ligarius.

Fol. 59. Oraison que Cicero pronunça le jour de devant qu'il alla en exil devant les chevaliers et peuple de Romme.

Fol. 69. Oraison que feist Cicero aux Rommains après son retour d'exil.

Fol. 88. Oraison de Cicero, laquelle il feit au Sénat après son retour d'exil. . .

Fol. 113 vº. Oraison que feist Cicero aux Rommains pour Milo, noble citoyen de Romme.

Fol. 158. Invectives de Cicero contre Catilina... Première invective.

Fol. 165. Luces Serges Catilina respond au consule Cicero riens ne estre vray des choses dont il est accusé...

Fol. 172. Marc Tulle Cicero, consule, en reprenant de plusieurs crimes et de conjuration principalement Catilina... Jusques à quant abuseras-tu de nostre patience...

Fol. 190. Luces Serges Catilina, patrice, consule, sénateur et citoyen de Romme, se purge devant les sénateurs et Rommains de la conjuration . . .

[1] Tome I, p. 301.

Fol. 212. Marc Tulle Cicero, consule, declaire aux Rommains le departement de Catilina...

Fol. 235. Marc Tulle Cicero, consule, après que Catilina est party de Romme, se appareille selon le vouloir du Senat à luy mener guerre...

Fol. 254. Description des offices, dignitez, et magistratz par lesquels les Rommains se sont gouvernez depuis Romulus, leur premier fondateur, jusques à Julles Cesar, dictateur ou premier empereur des dictz Rommains. Après la destruction de Troye, Romulus, filz du dieu Mars et de Rhea Silvia, religieuse de Veste, descendue de Aeneas, fugitif en Italie, fonda Romme... — Fol. 260 v°... Toutes fois le pape est à present seigneur temporel de Romme par la donation que feist l'empereur Constantin à sainct Silvestre pape [1].

Fol. 261 v°. Argument sur l'oraison que faict Cicero à la louenge de Pompée. (Il n'y a que l'argument.)

Ce manuscrit est d'une très belle exécution, encore bien que le frontispice, représentant une bataille, soit un tableau banal, qui ne peut soutenir la comparaison avec le frontispice de l'exemplaire d'Anne de Montmorency. Mais l'épître dédicatoire lui donne une grande valeur. La suscription de cette épître nous permet de déterminer approximativement la date du manuscrit :

A très sacré et très auguste prince le très crestien roy de France Françoys premier de ce nom, Estienne Le Blanc, son très humble et très obeissant subject et serviteur, contrerolleur general de son espargne, secretaire de sa très excellente et très vertueuse dame et mère madame duchesse d'Angoulmoys, d'Anjou, de Bourbonnoys et d'Auvergne, et de sa très debonnaire très chère et unicque seur la royne de Navarre[2], accroissement d'honneur et de majesté en toutes vertuz royalles, avec santé en longue et louable vie.

La façon dont Étienne parle de la mère et de la sœur du roi montre qu'il écrivait au cours de la période comprise entre les années 1526 et 1531. La première de ces dates correspond au mariage de Marguerite d'Angoulême avec le roi de Navarre, et la seconde à la mort de Louise de Savoie.

L'épître dédicatoire est un éloge emphatique de François Ier. L'auteur vante la bravoure dont le roi a donné des preuves à la journée de Marignan. Il insiste sur les services que rendit dans cette rencontre l'artillerie royale conduite par le bon sénéchal d'Armagnac. C'est une page que j'ai cru devoir citer en note [3], pour donner une idée du style

[1] Voir ce qui est dit plus haut d'une autre rédaction du même traité contenue dans le manuscrit d'Anne de Montmorency.

[2] Étienne Le Blanc est porté comme secrétaire de la reine Marguerite, avec 200 livres de gages, sur un rôle de l'année 1529, dont le résumé est à la Bibliothèque nationale, ms. français 7856, p. 884.

[3] « . . . La journée de Marignam en Lombardye, où vous estans en per-

d'Étienne Le Blanc. A coup sûr cet écrivain mérite d'être mentionné parmi les bons prosateurs du temps de François Ier. C'était un homme de lettres autant qu'un administrateur. Aussi n'est-il pas étonnant

sonne, sire, en l'aage de XIX à vingct ans, et le premier an de vostre règne, pour le recouvrement de vostre estat et duché de Millan, eustes, le jeudy et vendredy feste de l'exaltation saincte croix, quinziesme jour du moys de septembre cinq cens quinze, deux inoppinez et cruelz combatz contre les Suysses estans en nombre vingt cinq mil combattans d'une mesme volonté et hardiesse, gens belliqueux, esleuz sur tous les hommes du pays, oultre quinze mil hommes de guerre, tant millannoys que aultres, lesquelz persuadez par aucuns qui myeulx aymoyent nourrir guerres et discentions entre l'Église et les princes chrestiens que l'amour de paix et concorde civille, par laquelle toutes choses sont en leur entier conservées et gardées, délibérèrent, contre l'appoinctement avec eulx par voz depputez conclud et accordé, vous surprendre et opprimer vostre armée, et par ce moyen effacer non seulement la gloire de ceulx qui vivent en l'estat de monarchie, mais aussy ruyner et destruyre l'honneur de France, soubz laquelle ont esté si long temps souldoyez, nourriz et entretenuz, et leurs propres enfans instruictz et enseignez en la très fameuse Université de la noble ville et cité de Paris. Et comme par le seigneur de Lautrec feissiez mener et conduyre ce que promys et accordé leur avoyt esté, estimant par vous, sire, que gracieusement et selon leur accord le deussent recevoir, se vindrent furieusement gecter sur vous et vostre armée, demonstrans à leur première poincte plus estre nez en camp et armes que en citez et habitation de paix, et avoir les cueurs plus grandz que ne demonstroyent leurs natures. A quoy, mon très redoubté et souverain seigneur, par vostre grande constance, hault et magnanime cueur, aux choses impreveues diligemment pourveustes, en exhortant voz adventuriers françoys et pietons de bien faire, et rememorer comme peu de temps auparavant avoyent à leurs ennemys, à Caravas, Bresse et Ravenne, rompu et brisé les corps et testes, et d'icelles journées rapporté les victoires; et en demonstrant à vostre noblesse et gendarmerie par exemple de vostre propre personne, sans en aucun labeur ou danger l'espargner, le signe de bien combattre, laquelle, en la force et vertu de son empereur, ne faisoit moins son debvoir que anciennement souloyent faire les bons chevaliers rommains, qui aymoyent mieulx estre rapportez mors de la bataille que d'icelle ne feussent victeurs, tant que, par preferer l'amour de leur prince à leur vie, plusieurs au lict d'honneur, comme vrays et bons champions, payèrent le tribut de nature, non toutes foys sans grande effusion de sang de leurs ennemys espandu. Et si chascun des vostres, prenant exemple de bien ouvrer sur vous, sire, tellement s'acquictoit envers vous de sa loyaulté qu'il seroit difficille le racompter, toutes foys n'est à obmettre le grand service que à ce besoing feist vostre artillerye, par vous bien dressée et conduicte par le bon seneschal d'Armignac, maistre d'icelle, laquelle, combien qu'elle n'eust bras ne jambes pour se deffendre ne assaillir ses ennemys, feist neantmoins, par la dextérité de luy, en peu de temps, en si grande multitude de voz adversaires, telle voye que deux hommes d'armes y fussent entrez de fronc. Et furent, ce vendredy, delaissez tant de pauvres femmes vefves et de petitz enfans en orphanté et pupilarité qu'après avoir célébré la journée de Marignan, il ait parlé avec enthousiasme de la protection accordée par le roi aux belles-lettres :

Et si les choses dessus déclarées n'estoient assez suffisantes pour donner loz, bruyt et honneur à vostre nom, sire, d'une sur toutes et à esmerveiller povez plus que prince du monde estre magniffié : c'est que, en vostre temps et durant vostre règne, avez faict florir les bonnes lettres, tant grecques que latines, lesquelles, par long temps, avoyent esté délaissées, ainsi que de ce avez en particulier tesmoingnage suffisant de mons. Budé, maistre des requestes ordinaire de vostre hostel, lequel les nations estranges extiment, en parfaicte congnoissance et intelligence d'icelles, estre l'honneur d'Europe; et oultre ce, donné grace, ornement et venusteté à celle dont portez le nom et armes, plus qu'elle n'a eu depuis son origine, par le regard que les hommes ont eu de vostre grand et certain jugement en toutes choses, mesmement en gens sçavans et de vostre bon et liberal vouloir envers eulx, par le moyen de quoy povez desormais, sire, par vostre gratieuse liberalité, à vous sur tous princes peculière, faire poètes et orateurs, comme ducz et contes.

Un tel morceau suffirait pour faire considérer comme un très précieux manuscrit l'exemplaire des Oraisons de Cicéron qui fut offert à François Ier.

que ce ne me seroit chose facile à les nombrer. Et tellement vous portastes, sire, en ces deux jours que, par vostre bonne conduycte et vertueux faictz d'armes, obtintes (aydant Dieu) triumphe de voz adversaires, de sorte que oncques ne trouvèrent prince qui si chevalereusement leur feist sentir leur folle et oultrecuydée entreprinse, ne qui tant de testes hors des corps leur feist voller, et neantmoins qui, après les avoir du tout deffaictz, usast envers les pauvres fuictifz de telle clemence et misericorde, en faisant faire retraicte à voz plus que Scipions et Camilles, et cesser l'occision que d'iceulx ilz faisoyent, qui est chose rare et inusitée en la furie et son des armes. En quoy, sire, meritastes non seulement plus de louange que en la victoire par vous obtenue, combien qu'elle fust de clere et insigne memoyre, mais autant que oncques feist empereur par ses vertueux faictz. La memoyre de laquelle victoire se doit bien à jamais, à l'honneur de vous, sire, et de la très noble et royal maison de France, celebrer par les hystoriens d'icelle. Et a la mienne volunté, très vertueux prince, que eussiez, pour descrire telz memorables faictz, la grande et haultaine trompette d'Achilles, duquel parlant Alexandre le Grand sur le sepulchre d'iceluy, par emulation vehemente qui le stimuloyt à conquerir renommée, disoit, ainsi que recite Cicero en l'oraison qu'il feist pour Aulus Licinius Archias : « O bien heureux juvencel, « qui as eu après ta mort Homère, le « grand et souverain poète grec, pour « proclamer ta vertu et publier les faictz « si haultement que nul aultre ne le « sçauroit faire. » Et à bonne raison dict ces motz : car, si en Homère n'eust esté cest excellent art de faire par ses escriptz revivre les mors, le mesme tumbeau qui avoit couvert le corps d'Achilles eust entièrement opprimé son nom. »

VI. — *Traduction de Discours de Cicéron offerte au cardinal Antoine Du Prat.*

Étienne Le Blanc fit faire de sa traduction une troisième copie, que je suppose avoir été exécutée dans les mêmes conditions de luxe que la copie destinée au grand maître Anne de Montmorency. Ce troisième exemplaire fut offert au cardinal Antoine Du Prat, chancelier de France. Sous le règne de Louis XIV il fut recueilli dans la bibliothèque du président de Menars, et le Catalogue de la vente de cette collection, qui eut lieu à La Haye en 1720, le décrit dans les termes suivants :

> *De l'origine et naissance des Romains*, par Étienne Le Blanc. — Traduction de quelques Oraisons de Cicéron, par le même.
>
> Manuscrit sur vélin, d'une beauté parfaite, toutes les lettres grises étant peintes et dorées. A la tête se trouve une miniature très belle, représentant le cardinal Du Prat, archevêque de Sens et légat en France (à qui ce manuscrit a été dédié par l'auteur), assis, ayant autour de lui quelques évêques et autres ecclésiastiques. La reliure, qui est de damas rouge, est relevée d'une riche broderie d'or et enrichie des armes dudit cardinal, ce qui fait croire que c'est le même exemplaire qui lui a été donné par l'auteur [1].

A la vente de 1720 il atteignit le prix de 95 florins. J'ignore en quelles mains il est passé.

Si cet exemplaire a été présenté à Antoine Du Prat au temps où celui-ci était cardinal et légat, comme la description précédente autorise à le croire, la date doit en être comprise entre les années 1529 et 1535 [2].

Des copies des Oraisons de Cicéron mises en français furent peut-être offertes à d'autres personnages qu'au roi, au grand maître et au chancelier. Mais la cour de François Ier ne fut pas seule à pouvoir lire en français les discours du grand orateur romain. Quelques-unes des traductions d'Étienne Le Blanc eurent les honneurs de l'impression, et le public les accueillit avec assez de faveur pour que les libraires se décidassent à en donner plusieurs éditions, dont les exemplaires sont devenus très rares.

[1] *Bibliotheca Menarsiana, ou Catalogue de la bibliothèque de feu messire Jean-Jacques Charron, chevalier, marquis de Menars,... dont la vente publique se fera par Abraham de Hondt, le 10 juin et suiv. 1720, à La Haye*, p. 63, n° 773.

[2] Antoine Du Prat reçut la pourpre en 1527, fut nommé légat en 1529 et mourut en 1535. Il est connu pour avoir possédé de beaux manuscrits.

VII. — *Éditions de la traduction des Discours de Cicéron.*

La traduction qu'Étienne Le Blanc avait faite de plusieurs discours de Cicéron fut comprise dans un petit volume publié à Paris en 1541, sous le titre suivant :

Les Oraisons || de M. Tul. Cicero, père d'éloquence latine, || translatées de latin en françoys par Estiene || Le Blanc, conseiller du Roy nostre sire et || contrerooleur general de son es || pargne, aussi par l'esleu Macault, || notaire, secretaire et vallet || de chambre du Roy, et || par Claude de Cuzzy. ||

Le tout nouvellement imprimé à Paris, || mil cinq cens quarante et ung.

Vous pourrez veoir, amys lecteurs, le || contenu des dictes Oraisons en l'autre costé de ce fueillet.

On les vend à Paris en la grand salle du pa||lais, aux premier et deuxiesme pilliers, par || Arnoul et Charles Les Angeliers, frères.

1541 [1].

En tête du volume sont des vers grecs, latins et italiens, composés par Ange Lascaris, Jacques Toussain, René Macé et Gabriel Siméon, pour vanter la traduction de Le Blanc. La part qui revient à cet écrivain dans le recueil publié en 1541 se réduit à quatre discours : les « Oraisons pour Marcus Marcellus, pour Pompée et pour Quinte Ligaire », et « l'Oraison que Cicero prononça le jour de devant qu'il allast en exil ». Le premier de ces quatre discours n'est point dans le manuscrit offert à François Ier, mais il se trouve dans celui d'Anne de Montmorency; la rédaction du deuxième et du troisième diffère de celle que nous avons dans le manuscrit du roi; le texte du quatrième paraît être le même dans le manuscrit et dans l'imprimé.

Aux traductions d'Étienne Le Blanc l'éditeur a joint plusieurs autres discours qu'avaient mis en français Pierre Saliat, Claude de Cuzzy et l'élu Macault. Dans la table imprimée au verso du titre, ils sont annoncés en ces termes :

Plus l'Oraison que feit Crispe Saluste contre Mar. Tul. Cicero, avec deux autres Oraisons dudit Crispe Saluste à Jules Cesar, affin de redresser la Rép. romaine, translatées de latin en françoys, par Pierre Saliat.

[1] Petit in-8°, de 4 feuillets préliminaires et de 13 cahiers signés a-n, dont les feuillets sont cotés IX-CV. On avait réservé les cotes I-VIII pour le cahier préliminaire, qui s'est trouvé ne comporter que quatre feuillets. — Ce livre est ici décrit d'après un exemplaire de la Bibliothèque nationale (Réserve, p. X. 80). — Brunet (*Manuel*, t. II, col. 57) cite un exemplaire qui porte une autre adresse bibliographique : « On les vend à Paris, par Simon de Colines et par Arnoul et Charles les Angeliers. »

Oraison que fist Cicero aux chevaliers rommains depuis son rappel et retour à Romme, translatée par Claude de Cuzzy.

Oraison que feit Cicero à Cesar pour le rappel de M. Marcellus, senateur romain, translatée de latin en françoys par l'esleu Macault, notaire, secretaire et vallet de chambre du roy.

Les noms de ces trois écrivains sont bien connus. Des articles ont été consacrés à Pierre Saliat, par La Croix du Maine[1] et par Du Verdier[2], qui citent, l'un et l'autre, un volume imprimé en 1537 par Simon de Colines, comme renfermant la traduction des discours de Salluste et de Cicéron.

Claude de Cuzzi est l'auteur du *Philologue d'honneur*, dont il existe une édition de l'année 1537, présentée au cardinal Charles de Bourbon[3]. C'est au même prélat qu'il dédia sa traduction de l'« Oraison que fist Ciceron aux chevaliers rommains ». Au dire de Du Verdier[4], un volume publié en 1541 par Simon de Colines contiendrait deux Discours de Cicéron traduits par Claude de Cuzzi, celui qui vient d'être cité et celui que Cicéron prononça après son rappel et retour à Rome. Je suis porté à croire que la traduction de ce dernier discours doit être attribuée à Étienne Le Blanc et non pas à Claude de Cuzzi.

Quant à l'élu Antoine Macault, on trouvera dans la seconde partie de cet article des renseignements sur les nombreuses traductions dont il est l'auteur.

Les trois discours par lesquels s'ouvre l'édition de 1541 furent réimprimés en 1544, chez Simon de Colines[5].

La même année, le même imprimeur réunit dans un volume les traductions qu'Étienne Le Blanc avait faites du discours de Cicéron pour les provinces consulaires et d'une partie des lettres du même auteur[6].

En 1545, parut à Paris un autre recueil de discours, traduits par Étienne Le Blanc. Du Verdier l'a enregistré comme il suit dans sa *Bibliothèque*[7] :

(1) Édit. de Rigolley de Juvigny, t. II, p. 320.

(2) *Ibid.*, t. III, p. 344.

(3) Brunet, t. II, col. 438.

(4) Édit. de Rigolley de Juvigny, t. I, p. 330. — Renouard (*Bibliogr. des éditions de Simon de Colines*, p. 340) ne cite ce livre que d'après Du Verdier, Mettaire et Brunet.

(5) Brunet, t. II, col. 57.

(6) *Ibid.* : « Oraison que feit M. T. Ciceron, opinant pour les provinces consulaires; le premier livre des Epistres que Ciceron escrit à son frère Quinte, l'epistre que Ciceron escrit à Octavius, depuis appelé Auguste. » Paris, Simon de Colines, 1544. In-8°. — Renouard (*Bibliographie des éditions de Simon de Colines*, p. 392) cite cette édition sans en avoir vu d'exemplaire.

(7) Éd. de Rigolley de Juvigny, t. I, p. 492.

L'Oraison de Crispe Saluste contre Marc Ciceron, et l'Oraison responsive de Ciceron contre Saluste; Oraison de Crispe Saluste à Jules Cæsar, afin de redresser la république romaine; Oraison de Ciceron devant qu'il allât en exil; Oraison de Ciceron après son rappel et retour à Rome; Oraison de Ciceron à Octavien Cæsar; Oraison de Ciceron pour les provinces consulaires; le tout traduit par Étienne Le Blanc et imprimé à Paris, in-16, par Jean Ruelle, 1545.

VIII. — *Recueil de traités composé par Étienne Le Blanc.*

Il me reste à dire quelques mots d'une œuvre d'Étienne Le Blanc qui n'a pas, à proprement parler, un caractère littéraire, mais qui ne doit cependant pas être passée sous silence. Les charges dont Étienne était pourvu lui avaient ouvert les principaux dépôts d'archives de la couronne. C'est dans un de ces dépôts qu'il dut puiser les éléments du recueil des traités conclus entre les rois de France et les comtes de Flandre, dont il forma la seconde partie du volume offert à Louis XII et indiqué plus haut d'après le Catalogue des manuscrits de la Bibliothèque de Vienne. Le Trésor des chartes lui fournit une lettre de saint Louis à la reine Blanche, du mois de juillet 1250, dont il a inséré la traduction dans le livret offert à Louise de Savoie[1], et décrit ci-dessus. Du Trésor des chartes doivent également venir « trente huict traictez et appointementz faictz entre feuz de bonne et louable mémoire les très chrestiens roys de France et les roys des Romains, d'Espaigne, d'Angleterre et les comtes de Flandres et de Haynault », dont se compose un recueil rédigé aux environs de l'année 1525. La dédicace mise en tête est adressée par « Estienne Le Blanc, secrétaire de madame mère du roy, à très reverend père en Dieu et monseigneur, monseigneur l'archevesque de Sens, messire Antoine Du Prat, chancelier de France ». La date que j'assigne à ce recueil résulte de ce fait que, d'une part, Antoine Du Prat est qualifié archevêque de Sens, dignité qu'il obtint en 1525, et, d'autre part, qu'on ne lui donne pas le titre de cardinal, dont il fut pourvu en 1527.

Le manuscrit français 10433 de la Bibliothèque nationale paraît

[1] « Ainsi qu'il appert par les lettres estans ou Tresor des chartres dont la teneur ensuyt. » Ms. français 5715, fol. 17 v°. — La lettre dont il s'agit ici est relative à un échange de terre conclu avec l'abbaye de Royaumont. La minute en existe dans le registre de chancellerie que saint Louis avait emporté à la première croisade (Registre F de Philippe-Auguste, fol. 129 v°) et qui du temps d'Étienne Le Blanc était au Trésor des chartes. Le texte en a été publié par D. Martene, *Ampl. Collectio*, t. I, col. 1306.

bien être l'exemplaire qui fut offert au chancelier. Il passa plus tard entre les mains de « monseigneur de Villeroy, conseiller du roy, secrétaire d'estat et des finances de Sa Majesté », auquel il fut donné comme cadeau de nouvel an :

> Ores que nous entrons en la nouvelle année,
> Pleine soit de bonheur et de félicité,
> Je vous fai un present en toute humilité,
> Bien que telle persone en soit mal estrenée.

Le volume est orné d'une très belle reliure en mosaïque, dont la partie centrale des plats est occupée par un médaillon aux armes de Villeroy; mais ce médaillon peut être une pièce rapportée après coup. Le style des encadrements, du dos, des tranches et du riche entourage des médaillons me semble appartenir à la première moitié du XVIe siècle plutôt qu'à la seconde. Pour en fixer la date, il faudrait pouvoir déterminer à quel personnage doit être attribuée la devise : *Expectans consolor*, qui est dorée sur les deux plats et au dos du volume.

Un recueil composé par Étienne Le Blanc, analogue au précédent et contenant des traités dont la date est comprise entre les années 1227 et 1538, se conserve aux archives du Ministère des affaires étrangères, n° 357 de la série des Mémoires et documents[1]. Il a fait partie de la bibliothèque de la famille de Mesmes. C'est lui qui figure sous le n° 29901 dans la *Bibliothèque historique* du P. Lelong[2].

Tels sont les travaux qu'Étienne Le Blanc sut mener à bonne fin, tout en s'acquittant consciencieusement des tâches administratives qui lui avaient été confiées par les rois Louis XII, François Ier et Henri II. Il fut récompensé de ses services par les lettres d'anoblissement que Henri II lui accorda au mois de mars 1552 (n. st.). Il devait être alors arrivé au seuil de la vieillesse.

Étienne Le Blanc est un de ces milliers de personnages d'ordre secondaire dont les noms, passés sous silence dans les dictionnaires biographiques, devront être soigneusement recueillis le jour où soit une librairie, soit une compagnie savante, entreprendra de doter la France d'une grande Biographie nationale, comparable aux ouvrages du même genre qui s'achèvent sous nos yeux en Angleterre, en Belgique et en Allemagne.

[1] *Inventaire sommaire des archives du Département des affaires etrangères, Mémoires et documents, France*, p. 53. — [2] T. III, p. 44.

IX. — *Origine et emplois d'Antoine Macault.*

Contemporain d'Étienne Le Blanc, Antoine Macault, généralement connu sous la dénomination de « l'élu Macault », était originaire de Niort[1]. Il fut attaché au service de François Ier, qui, dans plus d'une circonstance, lui donna des témoignages d'une bienveillance toute particulière. Il figure comme valet de chambre du roi sur un rôle de l'année 1523[2]. En 1528, il touchait les gages et les droits de manteau afférents à ses fonctions de notaire et secrétaire du roi[3]. Il est qualifié de valet de chambre du roi dans un mandement royal du 9 avril 1533[4] (n. st.).

Macault eut à remplir des missions de confiance à l'intérieur du royaume et dans les pays étrangers. En 1530, il fut chargé de recueillir à la Chambre des comptes et au Trésor des chartes les titres relatifs aux prétentions du roi sur Naples, Gênes, Milan et Asti, que, conformément aux traités de Madrid et de Cambrai, le grand maître Anne de Montmorency devait remettre aux commissaires de Charles-Quint pour obtenir la délivrance des enfants du roi[5]. Le 16 mai 1532, un don de 400 écus d'or lui fut fait par le roi, qui l'avait envoyé en Allemagne, particulièrement vers le landgrave de Hesse[6]. Deux ans plus tard, il fit, pour les affaires du roi, un voyage auprès de certains princes d'Allemagne[7]; il y fait allusion dans la préface d'un de ses ouvrages publié en 1534[8]: il déclare l'avoir écrit « à cestuy mien dernier retour du pays des Alemaignes ». L'objet de la mission que le roi lui avait confiée en 1534 est indiqué par deux articles d'un rôle de sommes à payer sur le trésor royal :

A Antoine Macault, notaire et secretaire du roi, 450 l. t., pour quatre vingt dix jours, commençant le 18 du present mois [de juin 1534] et qui finiront le 15 sep-

[1] Dreux Du Radier, *Bibliothèque historique et critique du Poitou*, t. II, p. 85. — Briquet, *Histoire de la ville de Niort*, t. II, p. 163. Nous lisons dans ce dernier ouvrage (p. 164) que la ville de Niort a donné le nom de Macauderie à la rue dans laquelle habitait la famille Macault.

[2] Bibl. nat., ms. français 7856, p. 938.

[3] *Catal. des actes de François Ier*, t. I, p. 540, n° 2843.

[4] *Ibid.*, t. II, p. 376, n° 5648. — Briquet (*Hist. de Niort*, t. II, p. 163) avance que Macault devint secrétaire et valet de chambre de François Ier en 1534. Il a, je crois, adopté cette date parce qu'il a vu Macault ainsi qualifié dans un ouvrage publié en 1534.

[5] Voir les lettres du 1er avril et du 21 mai 1530, qui sont publiées en appendice à cet article et dont je dois la communication à mon savant et obligeant collègue et ami M. Macon, conservateur adjoint du Musée Condé.

[6] *Catal. des actes de François Ier*, t. II, p. 143, n° 4548.

[7] *Ibid.*, p. 652, n° 6939.

[8] *L'Oraison que feit Ciceron pour le rappel de Marcus Marcellus*, fol. a VII v°.

tembre prochain, que durera le voyage qu'il va faire, sur l'ordre du Roi, pour conduire au duc de Wurtemberg la somme de 50,000 écus soleil, complétant les 125,000 écus dont le Roi est tenu envers lui à cause de l'acquisition du comté de Montbéliard et autres terres. — Au même, 400 écus d'or, savoir 300 pour employer aux frais et depenses à faire pour conduire la dite somme de 50,000 écus en Allemagne, et 100 écus pour les voyages que le sieur de Rabodanges lui ordonnera afin de faire parvenir au Roi des nouvelles des ducs de Wurtemberg et de Bavière et du landgrave de Hesse, auprès desquels le dit de Rabodanges est accrédité en qualité d'ambassadeur[1].

X. — *Traduction de Diodore offerte par Macault à François Ier.*

Antoine Macault avait un goût prononcé pour les œuvres de l'antiquité, et il se plaisait à les traduire, genre de travail auquel François Ier prodiguait alors ses encouragements: « Nostre locution françoyse, disait-il[2], n'est point, ainsi que nous reprochent à tort les estrangiers, si maigre et si affamée qu'elle ne puisse bien rendre et exprimer en son commun parler tout ce que les Grecs et les Latins nous ont peu laisser par escript, pourveu que la traduction s'en feist par aucuns de ces expertz et sçavants hommes, dont il s'en trouve aujourd'huy ung nombre infini en France, au moyen des dons, biens faictz, faveurs et pensions que leur donne et ordonne ordinairement le Roy mon souverain seigneur et maistre. »

Antoine Macault pouvait être un bon latiniste; mais il ne savait pas même lire le grec. Sa jeunesse s'était écoulée avant la venue de Jérôme Aleander à Paris, à une époque où la langue grecque n'était pour ainsi dire pas connue en France. Dans le cours d'une carrière consacrée à l'administration, il eut à peine des loisirs suffisants pour s'entretenir dans la culture des lettres latines. Il en fait lui-même l'aveu au commencement d'une dissertation[3] qu'il composa « pour l'intelligence des réductions de talentz à marcz et escus d'or soleil », et dans laquelle il prend pour base de ses évaluations le livre *De asse* de Guillaume Budé :

Car je n'ay point eu, en mes premiers jours et institution, si bonne fortune ne tant d'heur, ce que l'on ne peult pas bien dire sans grant regret, que je soie parvenu à la cognoissance des lettres grecques, estans encores lors peu receues et moins usitées en France comme avant la venue de Jheronimus Aleander, et si ne me suis peu trouver depuys le loysir ne le moien (me contraignant à ce, contre la naturelle inclination toutesfoiz et affectionnée voulenté, je ne say quelle fatale des-

[1] *Catal. des actes de François Ier*, t. VII, p. 748, nos 28800 et 28801.

[2] *L'Oraison pour le rappel de M. Marcellus*, fol. A VIII.

[3] Cette dissertation est jointe aux éditions de la traduction de Diodore, qui seront indiquées un peu plus loin.

tinée ou deffortune des hommes) de continuer que par undées et interruption la lecture et estude de la langue latine, qui a esté cause que, me voulant fortiffier et satisfaire à moy mesmes,... je me suis adressé pour dernier reffuge et premier recours au dit livre *De asse*, comme au registre certain et, pour mieulx dire, veritable elucidation de telles advaluations... Sans ce que j'en aye peu riens apprendre ès livres grecz, comme sont Suydas, Hisichius, Zenophon, Alexarchus, Pollux et autres, pour ce que ignorance m'a deffendu, non seulement de les entendre, mais aussi de y pouvoir cognoistre à peine les premiers éléments et caractères; et d'emploier le temps à relire tous les latins, par lesquelz se pourroit cognoistre avecques longue peyne la verité de telle matière... [1].

Malgré cette ignorance du grec, ce fut sur un auteur grec que Macault essaya son talent de traducteur. Il voulut faire passer en français ce qu'on possédait alors des Histoires de Diodore. Il n'avait à sa disposition que la version latine des premiers livres, rédigée par Pogge au siècle précédent. Il se flattait de pouvoir traduire le reste de l'ouvrage s'il s'en trouvait une version latine que le Roi faisait rechercher en Italie. François Ier paraît, en effet, s'être intéressé aux récits de Diodore. Il se fit lire quelques chapitres de la traduction de Macault pendant le carême de 1534. C'est du moins ce qu'assure le traducteur, quand il s'excuse d'avoir eu la hardiesse de « vouer et adresser » cette traduction au Roi, son souverain seigneur et maître, « auquel, dit-il, après en avoir oy la lecture, ce caresme dernier passé, il a pleu me commander expressement qu'elle vous fust, amyables lecteurs, faicte commune et mise en impression. Ce que certainement j'eusse voluntiers différé, ou, qui oseroit, reffusé, si la souveraine auctorité du prince, voire prince tel, et de tel jugement, favorisant, plus par avanture que à juste prix, nostre traduction et langaige courtisan françoys, n'avoit puissance de suradjouster et donner croissance à une certaine philautie que chescun sent et produit, et naturellement et facilement, en soy de soy mesmes ».

En 1534, selon toute apparence, Antoine Macault présenta à François Ier un exemplaire manuscrit de sa traduction de Diodore. C'est un magnifique volume qui, très anciennement sorti de la Bibliothèque du Roi, était passé dans les collections du duc de Hamilton, et qui, lors de la vente faite à Londres en 1889, fut acquis par le duc d'Aumale et inscrit sous le n° 1672 dans l'inventaire des manuscrits du Musée Condé. Il est relié en cuir noir, et les plats, couverts d'un semis de fleurs de lis alternant avec des F, portent, dorées dans deux cartouches, les inscriptions : DIODO||RE|| SI||CILIEN, d'un côté, et de l'autre AV ROY|| FRAN||COYS|| PREMIER.

[1] Traduction de Diodore, édit. de 1535, fol. 148 v°.

Ce volume consiste en 173 feuillets de parchemin, hauts de 290 millimètres et larges de 200, auxquels s'ajoutent neuf feuillets préliminaires sur lesquels se trouvent :

1° Le titre en lettres d'or : « Les troys premiers livres || de Diodore Sicilien, historiographe grec, des antiquitez d'Egipte, || Éthiopie et autres pays || d'Asie et d'Affrique. Translatez de latin en françoys par maistre Antho||ine Macault, notaire secrétaire et valet de chambre || ordinaire du Roy. »

2° « La table des chappitres des troiz || premiers livres de l'Histoire || de Diodore Sicilien. »

3° « Le prologue du translateur », qui déclare n'avoir pas été arrêté dans son entreprise par la crainte des critiques, désagrément auquel n'ont pas échappé les meilleurs écrivains de l'antiquité :

> . . . Et, ajoute-t-il, pour descendre aux autres temps, noz quattre grandz docteurs se sont, en leurs œuvres, entre appellez corneilles et herétiques, se retractans de plusieurs de leurs escriptz. Desja Budé et Du Ruel, personnaiges très dignes et premiers en la republique des lettres grecques, et autres modernes assez ont peu veoir et des additions et des corrections à leurs tant utiles et tant labourieux livres et traductions. Erasme aussi, estoille très resplendissante en toutes les Alemaignes, a, ce dit-on, couvert et obscurcy par ses propres nuées les rayz de sa clarté, pour s'estre reffroidy sur la fin de ses jours et forvoyé du droit chemin, obéissant plus au temps et au proffit de ses pensions que à la mesme vérité.

4° Un frontispice, qui représente François Ier écoutant la lecture de la traduction de Macault. Le roi est assis sous un dais fleurdelisé, devant une table recouverte d'un tapis vert. Autour de lui se tiennent debout douze personnages, parmi lesquels on distingue au premier rang Anne de Montmorency. Du même côté que celui-ci, sur un plan inférieur, le peintre a placé Antoine Macault, vêtu de noir et lisant un morceau de sa traduction de Diodore. Près de lui sont groupés les trois enfants du roi, le dauphin François, Henri, duc de Bretagne, et Charles, duc d'Angoulême, tous les trois portant des manteaux roses, à collets de fourrure blanche. Au premier plan, sur le côté droit, est accroupie une levrette blanche, au collier de cuir rouge garni de clous d'or. Sur la table, un petit singe.

Ce très remarquable tableau, dont les têtes sont fort expressives et dont les costumes ont été traités avec un soin particulier, est l'œuvre d'un peintre français de grand talent, le même peut-être à qui nous devons le somptueux frontispice du Cicéron d'Anne de Montmorency.

Le contenu du manuscrit (table, prologue, traduction) est exactement celui des éditions qui seront indiquées un peu plus loin.

Chacun des chapitres est orné d'une grande initiale dorée, et, dans une quarantaine de cas, le champ sur lequel sont posées les initiales est rempli par de très petits tableaux, dont beaucoup représentent des scènes de la vie sauvage.

Le 15 juin 1534, Antoine se fit expédier un privilège portant autorisation de faire imprimer sa traduction de Diodore par Galliot Du Pré, par Anthoine Augereau, ou par tout autre imprimeur. C'est en vertu de ce privilège que parut en avril 1535 la première édition de Diodore en français :

Les troys || premiers livres de l'hi||stoire de Diodore || sicilien, histo||riographe || grec, || translatez de latin || en françoys par maistre Anthoine || Macault, notaire, secretaire et vallet || de chambre ordinaire du Roy, Fran||çoys premier.

Imprimez de l'ordonnance et com||mandement du dit seigneur.

Avecques privilège à six ans.

On les vent à Paris, en || la rue de la Juifverie, devant la || Magdalaine, à l'enseigne du Pot || cassé.

Au verso du titre, la marque du Pot cassé, c'est-à-dire de Geofroi Tory.

Sur la dernière page (verso du feuillet R. VI), au-dessus de la marque du Pot cassé, la date : « Imprimé à Pa||ris, en avril || M.D.XXXV. »

Volume in-4°, ainsi composé : 8 feuillets liminaires non numérotés, feuillets 1-154 et 8 feuillets de table non numérotés. Signatures *aa*, *bb*, *a-z*, A-R.

Fol. *aa* II. La teneur du privilège. — Fol. *aa* III. La Table des chappitres. — Fol. *bb* I v°, Prologue.

Fol. 148. « Appendice du translateur, || pour l'intelligence des reductions de talentz à || marcz et escuz d'or soleil, selon le commun cours || de ce royaume en l'année mil CCCCC.XXXIII et || XXXIIII, et autres corrections.

Fol. Q III. Table alphabétique.

La dernière page de la partie liminaire est couverte par une gravure qui représente Macault lisant son livre en présence de François Ier. C'est, avec de légères variantes, une copie du frontispice que nous admirons en tête du manuscrit offert au roi.

Il faut remarquer, sur le fol. *bb* I verso et sur le fol. 148, une grande initiale S au milieu d'un carré sur lequel se voit un écusson chargé de deux jumelles (?) et de neuf besans, et suspendu à un baudrier portant la devise : MHKETI (*Ne plus*). Ce mot doit rappeler le nom de Macault, auquel il faut, je crois, attribuer les armes qui accompagnent la devise. Nous retrouverons bientôt les mêmes armes et la même devise dans un autre ouvrage de Macault publié en 1549.

J'ai décrit cette édition d'après un exemplaire qui a conservé sa reliure originale, et qui, après avoir appartenu à M. Didot, a été acquis par le duc d'Aumale (Musée Condé, VIII. G. 22).

La Bibliothèque nationale [1] possède un précieux exemplaire de cette édition, imprimé sur vélin. Il diffère de l'exemplaire du Musée Condé en ce que sur le verso du titre on a peint les armes du roi d'Angleterre avec la jarretière et la devise : HONNY SOIT QUI MAL Y PENSE. Au bas, cartouche portant ces mots : DIEU EST MON DROICT. Évidemment c'est un exemplaire que l'éditeur destinait à Henri VIII, roi de la Grande-Bretagne. Le panneau fleurdelisé sur lequel sont posées les armes royales est encadré dans la très élégante bordure qui entoure ordinairement le Pot cassé de Geofroi Tory.

Une seconde édition du Diodore, conforme à celle de 1535, parut à Paris en 1540 :

Les trois|| premiers livres de l'Hi||stoire de Diodore sici||lien, historiographe grec.....
1540.
On les vend à Paris, en la|| grand salle du Palais, aux|| premier et deuxième pilliers, devant la chap||pelle de messieurs les présidens, par Arnoul|| et Charles les Angeliers, frères.
La marque des Angeliers au verso du feuillet *bb* III et au verso du dernier feuillet de la table.
In-8°, 160 feuillets, plus la partie liminaire et la table. Signatures *aa*, *bb*, A-T, *â-ê*. (Bibliothèque nationale, J. 10444. Bibliothèque Mazarine, n° 32386.)

Des exemplaires de la même édition portent sur le titre la date de 1541. — Bibliothèque nationale, J. 2505, et Réserve, J. 2024; le premier de ces exemplaires est relié à la marque des Angeliers.

XI. *Traduction du Discours de Cicéron pour Marcellus, offerte par Macault au cardinal Jean de Lorraine.*

Le privilège que Macault avait obtenu le 15 juin 1534 ne s'appliquait pas seulement à la traduction de Diodore; il comprenait aussi « l'Oraison de Ciceron à Cesar, pour le rappel et restitution de Marcus Marcellus, senateur romain ». La traduction de ce Discours parut, aussitôt après la date du privilège, sous la forme d'un livret dédié au cardinal Jean de Lorraine, archevêque de Narbonne, et enrichi de pompeuses recommandations en vers latins et français des amis du traducteur : « Salmonius Macrinus Juliodunensis, cubicularius regius [2] », maitre Claude Chappuis, vallet de chambre et libraire du Roi, et Pierre Le Gay, de Lyon.

(1) Série des Vélins, n° 2745.

(2) Le 2 février 1539 (n. st.) François Ier donne 200 écus d'or à Salmonin Macrinus, son valet de chambre. *Catal. des actes de François Ier*, t. III, p. 712, n° 10769.

L'Oraison que feit Ciceron à Caesar, pour le rappel de M. Marcellus, senateur romain, translatée de latin en françoys par l'esleu Macault, secretaire et vallet de chambre du Roy. Imprimée, par le congé dudit seigneur, à Paris, par Antoine Augereau, demeurant en la rue Sainct Jacques, près les Jaccobins, à l'imaige sainct Jacques. 1534. Avec privilège.

In-8°. 30 feuillets non chiffrés, dont le dernier est blanc.

La Bibliothèque nationale en possède[1] un exemplaire, imprimé sur vélin, en tête duquel ont été peintes les armes de l'amiral Chabot et qui est revêtu d'une reliure en maroquin citron, portant au dos le W couronné que Sully avait adopté pour la marque de ses livres.

On a vu que la traduction du Discours pour le rappel de Marcellus a été réimprimée en 1541, à la suite des Discours traduits par Étienne Le Blanc.

XII. *Traduction des Apophtegmes d'Érasme, offerte par Macault à François Ier.*

En 1536, Antoine Macault se mit à étudier la collection qu'avait formée Érasme sous le titre d'Apophtegmes. Il résolut de la mettre en français. La traduction des cinq premiers livres était terminée au mois de juillet 1537, et l'hommage put alors en être fait à François Ier. L'auteur espérait qu'un exemplaire pourrait en être mis dans les bagages du roi, qui allait partir pour faire campagne en Piémont et qui avait l'habitude de se faire accompagner, dans ses continuels déplacements, d'un certain nombre de livres. Avec son amour-propre d'auteur, qu'il appelait ailleurs « une certaine philautie », il s'imaginait que la traduction des Apophtegmes pourrait être l'objet d'une aussi flatteuse distinction, et il en faisait l'aveu sans détour dans une épître dédicatoire :

Je tousjours desireux de vous presenter encores chose qui se peust geter dedans les coffres de vostre librairie de chambre, en cestuy voyage mesmement que entreprenez en Piémont pour la deffence de voz royaulme, payz, seigneuries et subjectz, contre les efforts incroyables de vostre mal conseillé adversaire, peu fidel allyé et plus affoibly voisin, ay choisi, entre mes traductions de l'année passée, les rapsodies ou marqueterie que Erasme a assemblées des apophthegmes escritz par le Plutarque principalement, et aussi par quelques autres autheurs.

On ignore si les Apophtegmes eurent l'honneur de suivre le roi dans la campagne de l'été et de l'automne de 1537. Ce qui est certain, c'est que l'ouvrage, imprimé seulement en 1539[2], à la suite d'un privilège délivré le 11 octobre 1538, fut souvent réimprimé dans le cours du XVIe siècle. M. Vander Haeghen, dans l'esquisse de sa *Bibliotheca*

[1] N° 2031 de la série des Vélins. — [2] Un exemplaire de l'édition originale est au Musée britannique sous la cote 1075, l. 9.

Erasmiana, en a signalé une douzaine d'éditions ou de tirages. Le mérite en avait été recommandé « aux lecteurs françoiz » par un dizain de Clément Marot :

Si sçavoir veulx les rencontres plaisantes
Des saiges vieulx, faittes en devisant,
Graces ne peulx rendre assez suffisantes
Au tien Macault, ce gentil traduysant.
Car en ta langue orras, ici lysant,
Mille bons motz, propres à oindre et poindre,
Ditz par les Grecz et Latins, t'advisant,
Si bonne grace eurent en bien disant,
Qu'en escripvant Macault ne l'a pas moindre.

XIII. *Vers français de Macault. — Sa traduction de la Batracomyomachie.*

Le *gentil traduysant,* pour employer l'expression de Clément Marot, ne se contentait pas d'écrire en prose. En tête de sa traduction du Discours pour le rappel de Marcellus, il avait mis une pièce de 52 vers :

Summaire et argument de la presente oraison :
Après l'exploit du combat pharsalicque,
Où les Romains et leur grand republicque
Perdirent l'heur de toute liberté,
Jules Cesar, prenant l'auctorité
De dictateur et empereur romain,
Seul et premier tint tout dessoubz sa main.
. . . .

En 1540, il salua, par un petit dizain, l'apparition du premier livre de *Amadis de Gaule*[1], que Nicolas de Herberay, seigneur des Essars, venait de traduire de l'espagnol et dont le libraire Vincent Sartenas acheva l'impression le 10 juillet de cette année :

Divins espritz françoys, de hault sçavoir comblez,
Qui par vive vertu et merite louable,
En bien escripvant, ceulx qui bien font ressemblez,
Prenez exemple icy certain et honorable
Que loz immortel vient d'œuvre non perissable,
Comme est le present livre ; et vous, oisifz cessartz,
Suyvez ce translateur, qui des branchus essarts
Du parler espagnol, en essartant, deffriche
Nostre Amadis de Gaule, et le rend, par ses artz,
En son premier françoys, doulx, orné, propre et riche.

[1] Le dizain se lit au fol. *d* 11 de ce volume, in-folio, orné de très élégantes gravures sur bois, dont la Bibliothèque nationale possède un exemplaire de toute fraicheur, imprimé sur vélin, relié en maroquin rouge aux armes du Roi (n° 625 de la série des Vélins). Voir Brunet, t. I, col. 214.

En parlant un peu plus loin des Philippiques de Cicéron, j'aurai l'occasion de signaler d'autres vers de Macault, la traduction de quelques vers d'Ausone et un Argument sur les Philippiques composé de 438 vers. Ce serait peut-être suffisant pour nous autoriser à donner à Antoine Macault une petite place parmi les poètes français du règne de François Ier, lors même qu'il n'aurait pas composé une traduction en vers de la Batracomyomachie, laquelle nous est parvenue sous la forme d'un livret in-quarto de 8 feuillets :

LE GRAND COM||BAT DES RATZ ET DES || GRENOUILLES.

Lisez ce petit livre neuf,
Traduict du grec l'an cinq cens trente neuf.
(Marque du cheval volant.)

On les vend à Paris, en la maison de Chrestien We||chel, demourant à l'escu de Basle, en la rue Sainct||Jaques, et à l'enseigne du Cheval volant, en || la rue de Sainct Jehan de Beauvays. || M. D. XL.

Le verso du titre est occupé par une grande et fine gravure, qui représente le Combat des rats et des grenouilles.

L'auteur a fait connaître son nom par un acrostiche qui se lit au verso du feuillet Bii :

Le translateur aux lecteurs.

Mieulx ne se peult ceste fable subtile
Approprier qu'aux œuvres naturelles;
C'est le vray sens, et si est très utile
A contempler les choses éternelles.
Vous y voyez les dyables et les dieux,
Le ciel, le monde, enfer et choses telles,
Tirez au vif si bien qu'il n'est rien mieulx.

Un exemplaire de ce curieux livret a été recueilli par le duc d'Aumale dans la collection de Cigongne[1]. Il y en a aussi un exemplaire à la Bibliothèque nationale[2].

XIV. *Traduction d'un traité d'Isocrate. — Édition posthume de la traduction des Philippiques de Cicéron, dédiée d'abord à François Ier, puis au connétable Anne de Montmorency.*

Un autre opuscule de Macault eut les honneurs d'une double impression; il est intitulé : *Institution du jeune prince, envoyée par Isocrate à*

[1] Musée Condé, V. E. 40. — [2] Réserve, Ye. 321.

Nicoclès, sur l'administration d'une monarchie ou royaume, mise en françois par l'esleu Macault. Brunet[1] en cite deux éditions, l'une publiée à Paris en 1544 par Crestien Wechel, l'autre à Lyon, en 1547, chez Jean de Tournes.

Ce fut probablement la dernière publication d'Antoine Macault. La date de sa mort ne nous est pas connue[2]; nous savons seulement qu'elle est antérieure à celle de François Ier, c'est-à-dire au 31 janvier 1547. Antoine laissait inachevée la publication d'une traduction des Philippiques de Cicéron, dont il s'occupait depuis déjà longtemps. En 1538, François Ier l'avait encouragé à terminer ce travail, et, l'année suivante, la traduction des quatre premières Philippiques était en état de voir le jour, précédée d'une dédicace au Roi, datée « en court », l'an vingt-cin quième du règne :

Epistre au Roy.

Pour ce que mes premières traductions, Roy très chrestien, très vertueux et très aymé, venues, non par leur indigne dignité, mais par vostre divine benignité, jusques à voz oreilles, ont esté, non seulement veues, ouyes et authorisées d'icelle, ains aussi, si je l'ose penser, estimées plus qu'à juste prix; et qu'il vous pleust, dès l'an passé, me commander que j'employasse le temps de mon loisir à telles recommandables occupations, meilleures certes que l'oisiveté vitieuse; il m'a bien semblé, Syre, avecques l'opinion du consul de Rome, Ausone, poëte françoys, lequel, respondant à l'empereur Theodosius, escript, entre autres choses, comme cecy :

Scribere me Augustus jubet et mea carmina poscit,
Pene rogans, blando vis latet imperio,
. . . .
Le roy Françoys, digne de tout l'Empire,
M'a commandé de traduire souvant,
D'ung commander que si grand'force attire,
Que, bien que soye en cest art peu sçavant,
Si m'y suis-je poulsé bien fort avant.
Car puis je dire, en moy n'est le sçavoir;
Si le Roy dit que l'ay et puys avoir,
Son commander ma foible force asseure.
Par quoy suffit d'y prester mon devoir.
De refuser ung roy n'est chose seure.

que ceste mienne obéissance très humble et très entière pourra couvrir et suffisamment excuser, mesmes envers vostre S. R. M., la charge que j'ay mieulx osé entreprendre que bien peu executer, soubz vostre tant heureux et à moy honnorable commandement,

Car ainsi, Syre, que le souldart ne doibt aucunement craindre les hazardz diffi-

[1] *Manuel*, t. III, col. 469. — [2] « Nous ignorons la date de la mort de Macault », dit M. Briquet, dans son *Hist. de Niort*, t. II, p. 164.

ciles d'une guerre perilleuse soubz la conduicte, proesse et prevoyance d'ung bon prince ou vaillant chef d'armée, ainsi certes n'ay-je craint ne doubté, comme asseuré d'estre benignement receu, vous traduire l'œuvre la plus difficile et plus élégante du plus excellent et plus estimé latin de tous les Latins, sçavoir est LES PHILIPPIQUES DE CICERON, long temps a, par moy commencées, mais non encores si bien reveues ne parachevées, que je vous en puisse pour ceste heure mettre devant les yeulx sinon les quatre premières; la seconde desquelles, nommée en toutes histoires *divine*, est exemple et lecture suffisante à tous orateurs, tant du sçavoir grand de l'autheur, comme du bon zèle qu'il avoit justement contre la tyrannie et l'usurpation telle lors à Rome sur l'estat de leur republicque, comme s'efforçoient naguères l'entreprendre sur vous, Syre, voz royaulme, païs et seigneuries, ceulx qui, fièrement chassez et vaillamment reboutez par vous ces années passées, ne viendront jamais à redoubler telles machinations et practiques meschantes (contre le vouloir mesmement de Dieu, protecteur de vostre invincible sceptre et très sacrée couronne, de voz païs très heureux et de voz subjectz très obeissantz et fidelles) qu'ilz ne se redoublent aussi sur soy mesmes une plus reprochable honte, perte et ruine qu'ilz en ayent point encores receu ne souffert. Quoy ce faisant, ilz sentiront à bon droict, moyennant la divine faveur du ciel, premièrement la grandeur invincible de vos vertuz, en second lieu et tiercement la fidelle obeissance et excellente fortitude de voz lieutenantz generaulx et capitaines de vostre noblesse et de voz legions d'avanturiers françoys, que remedierez aux injustes effortz d'iceulx voz adversaires, par effectz et par actes magnanimes, trop plus vigoureusement que ne se pourront estendre leurs forces affoiblies, et que ne feirent les Romains contre les premiers empireurs et empereurs de leur republicque, au temps mesmes qu'iceulx empereurs usurpèrent sans aucun tiltre, quoy qu'il en soit, tel ny aussi hereditaI comme est vostre monarchie des Gauloys, mais par tyrannie et par force, ce qu'ilz sçavoient et cognoissoient très bien ne leur appartenir aucunement. Auquel temps estoient les choses et affaires de Rome en l'estat que sçavez et que pourrez entendre par le discours des presentes Philippiques et des argumentz faictz sur chascune d'icelles, si V. S. R. M. daigne les faire dignes de vostre commendation comme de vostre commandement.

En quoy, Syre, il vous plaise considerer plus le cœur et bon vouloir de celluy qui desire, comme il est grandement tenu, vous obeir et satisfaire en toutes choses, que la qualité ou valeur de son travail; et attendre toutes les autres Philippiques desjà esbauchées, aussi tost que la fin heureuse de voz haultes entreprises et affaires vous aura rendu, après la victoire prospère ou paix desirable, tel et si bon repos en ce monde qu'il ne vous reste plus sinon l'éternel, en la fruition bien heurée et perpetuelle beatitude de l'autre. L'ung et l'autre desquelz vous doint, Syre, et à tout vostre très illustre sang, celluy Dieu très bon et très grand, qui a voulu vous preferer à tous princes, autant en la perfection de ses graces divines, comme en l'excellence de beaulté et bonté humaine et en souveraineté de tiltre, sur toute chrestienté, royal.

En court, l'an de vostre règne vingt cinqiesme.

L'impression en fut alors entreprise sur du papier de format in-folio, en beaux caractères italiques, avec de grandes initiales gravées aux armes de Macault. Elle fût interrompue par suite de circonstances que nous ignorons. A la mort de l'auteur, son frère Alexandre trouva le tirage des premières feuilles et la copie du reste de la traduction, qu'il s'empressa de livrer aux imprimeurs. Ainsi complété, le livre parut avec ce titre :

Les || Philippiques || de M. T. Ciceron, || translatées de latin en françoys par l'esleu Macault, notaire, secretaire || et vallet de chambre du Roy.

(La marque de Marnef.)

On les vend à Poictiers, à l'enseigne du Pelican. || M. D. XLIX.

Avec privilège du Roy pour cinq ans.

In-folio, de 2 feuillets préliminaires et de 102 feuillets cotés I-CII, dont le dernier se termine par les mots : « Fin de la quatorziesme et dernière || Philippique de M. Ciceron. || Achevées d'imprimer, le XXIIII decembre M. D. XLVIII. »

Les imprimeurs Jan et Enguilbert de Marnef avaient obtenu, le 7 mars 1547 (1548, n. st.), un privilège daté d'Écouen. Ce privilège avait été évidemment sollicité par le connétable de Montmorency, dont le roi Henri II était alors l'hôte et auquel Alexandre Macault avait dédié l'ouvrage, en essayant de concilier cet hommage avec celui que son frère en avait primitivement fait au roi François Ier.

A Monseigneur, Monseigneur de Montmorency, connestable et grand maistre de France, Alexandre Macault, très humble salut.

Monseigneur, Il y a assez bon espace de temps que Antoine Macault, mon frère, notaire, secretaire et vallet de chambre du Roy, entreprint de traduire en langue françoise ce present euvre, jadis composé par Ciceron d'un grand soing et labeur, et intitulé *Les Philippiques*, desquelles mon dit frère aiant achevé les quatre premiers livres, les dedia à la Majesté du très chrestien Roy Françoys dernier décédé, cependant qu'il acheveroit le surplus. Mais, sur le point qu'il s'apprestoit à faire le present entier, il fut surpris de mort, non toutes fois sans avoir mis la dernière main à l'euvre. Or est-il, Monseigneur, que, si mon dict frère eust survescu le trespas du Roy, il se fust estimé très heureux de dedier ceste meilleure part à vostre très haute seigneurie, et eust bien eu ceste persuasion qu'au change de telle addresse, il ne se fust tors ni forvoyé en rien. Et parce qu'il m'a laissé heritier, entre autres siens labeurs, de cestuy ci, et en mourant m'a ensaisiné de la disposition entière d'iceluy, j'ai pensé en moy mesme que, si, avec ce devoir et charge qu'il m'a laissée, je povoie aussi estre heritier d'une partie de l'heur qu'il eust receu en le vous dediant, ce me seroit le plus grand bien et avantage qui me pourroit advenir. Ce qui m'a donné la hardiesse de vous en faire le present, à la vérité fort petit, pour se trouver devant l'excellence d'une telle et si haulte Seigneurie comme la vostre, tel toutes fois qu'il estoit apppresté pour un Roy, qui est l'un des pointz, joint avec vostre souveraine débonnaireté, qui me donne certaine confiance que vous le recevrez en gré. L'aultre point est que la matière est haulte et d'importance et deduitte par le plus excellent ouvrier qui fut jamais, lequel le plus du temps non seulement residoit, mais aussi presidoit aux affaires publiques, telz que ceuls qui sont traictez en ce present euvre : dedens lequel, comme en un miroir, se represente l'image du temps qui estoit pour lors, par les blasmes et reproches que faict Ciceron contre l'insolence et avarice d'un homme usurpateur du gouvernement publiq'. Vous plaise doncq', Monseigneur, avoir aggréable que ledit euvre, soubz votre très illustre nom, soit leu publiquement, avec une ferme espérance qu'en considérant par contrariété les mœurs d'un Antoine, on puisse encores plus notoirement congnoistre la grande et mémorable police que vous mettez aux affaires du royaume en ceste charge et administration souveraine où vous estes, en laquelle Dieu vous veuille longuement maintenir, avec santé, honneur et prosperité.

Ainsi s'explique la feuille préliminaire qui, outre le titre, le privilège et l'épître d'Alexandre Macault, contient, sur la dernière page, une grande gravure représentant les armes d'Anne de Montmorency, entre les insignes de connétable et ceux de grand maître : l'épée et la devise *Ultor iniquitatum gladius,* et le bâton, avec la devise : *In mandatis tuis supersperavi.* Au-dessous des armes un cartouche renferme la devise : ΑΠΛΑΝΟΣ.

Cette page majestueuse fait face au frontispice primitif de l'ouvrage, qui est simplement la gravure exécutée pour la première édition du Diodore et qui représente l'élu Macault admis à lire sa traduction devant François Ier et les trois jeunes fils du roi.

Nous pouvons supposer que le connétable, rentré en faveur à l'avènement de Henri II, ne s'offensa pas de voir ses armes ainsi rapprochées de l'image du souverain dont il avait eu tant à se plaindre pendant les six années précédentes.

XV. *Appendice. — Deux lettres d'Antoine Macault à Anne de Montmorency.*

1. LETTRE DU 1er AVRIL 1530.

Monseigneur,

Je vous ay escript, il y a deux jours, de Blois [1], comme le Roy me faisoit despécher icy pour diligenter le recouvrement des lettres qui doyvent estre à la Chambre des comptes et ou Tresor des chartres [2]. J'ay aujourd'huy presenté mes lettres à messeigneurs des comptes, et seu d'eulx ce qui s'y est trouvé, tant du fait de Napples, Gennes que de l'obligation des 11c mille escus, et espère, Monseigneur, vous porter le tout dedans quattre ou cinq jours. L'original de la dicte obligation est trouvé, mais il y a, touchant le fait de Napples, quelques investitures et autres lettres qui ne se treuvent point encores; à quoy l'on fait si extreme diligence qu'elle

(1) Nous avons des actes de François Ier datés de Blois, du 15 au 29 mars 1530 (n. st.). *Catal. des actes de François Ier*, t. I, p. 696-698.

(2) Macault était chargé de recueillir les actes relatifs aux droits du roi de France sur Naples, Gênes, Milan et Asti, pour les remettre à Anne de Montmorency, qui devait les livrer aux procureurs de Charles-Quint. Un inventaire en fut dressé le 7 mai, et la livraison en fut faite aux gens de l'empereur le jour de la délivrance des enfants du roi. Voir à ce sujet les actes copiés dans le ms. 160 de Du Puy, fol. 307, et dans le ms. 16 de Brienne, fol. 135. Cf. *Catal. des actes de François Ier*, t. I p. 705, n° 3684.

ne peut estre plus grande ; dont, Monseigneur, m'a semblé vous devoir advertir, affin que ne differez pour cela de besoigner avecques les commissaires de l'Empereur, s'ilz se veulent ranger à ceste raison d'attendre les dictes lettres encores huit jours, pendant lesquelz, Monseigneur, je yray, comme vous ay escript, visiter monseigneur de Montmorençy [1], et prendre lettre de madame Madame la grant maistresse [2], si elle vous en veult escrire. Aussi m'enquerray du fait de Besnyer [3], pour du tout vous savoir rapporter au vray.

Monseigneur, je supplie le Créateur vous donner très longue et très bonne vie. De Paris, ce premier jour d'avril.

Votre très humble et très obéissant serviteur,
MACAULT.

A Monseigneur, Monseigneur le grant maistre et mareschal de France [4].

2. LETTRE DU 21 MAI 1530.

Monseigneur,

Pour tous jours vous satisfaire des choses que l'on pense necessaires à la delivrance de Messeigneurs, l'on a, à ce matin, envoyé aux ambassadeurs de l'Empereur, affin qu'ilz certifiassent Mess. de Pratz et des Barres [5] de l'accord fait avec madame la princesse [6], par unes lettres missives seullement, à ce que pour cela ne fust retardé l'effect de la dicte delivrance. Les dis ambassadeurs ont fait responce qu'ilz ont envoié à Paris pour l'emologation de la court de parlement, et que l'official de Besançon [7] est à Chastelherault pour prendre possession, la dicte emologacion faicte, et pour envoier à toute diligence en Forestz, Beaujeulois et Dombes pour faire le semblable, et que, les choses sus dictes faites, ils en bailleront telle certificacion qu'il plaira au Roy, disans estre bien asseurez qu'ilz auront aussi tost les actes des dictes possessions prinses comme Yzernay [8] sera de retour de Flandres. Le Roy n'a esté trop content de la dicte responce, et ay ouy qu'il disoit à monseigneur le cardinal de Lorraine, entrant en ses affaires, que, le dict Yzernay venu, s'il cognoist que encores on luy veuille user de dissimulation, il fera rapporter l'argent qui est à Baionne [9], et s'en yra bien accompaigné en Bourgoigne et en Champaigne.

[1] Guillaume de Montmorency, père du grand maître.

[2] Madeleine de Savoie, femme d'Anne de Montmorency.

[3] Étienne Besnier, receveur général des finances dans la généralité d'outre Seine et Yonne.

[4] Original probablement autographe, Musée Condé, Lettres de Montmorency, 1526-1538, fol. 119. (Série L, tome X.)

[5] Loys de Flandres, chevalier, seigneur de Praet, et Guillaume des Barres, seigneur de Recin, procureurs de Charles-Quint. Ms. 160 de Du Puy, fol. 307.

[6] Accord fait le 17 mai 1530 avec Louise de Bourbon, princesse de la Roche-sur-Yon, pour assurer à cette dame la jouissance « de la conté de Forestz, seigneurie de Beaujollois, pays de Dombes et duché de Chastellerault ». Ms. 314 de Brienne, fol. 175.

[7] Léonard de Gruyère, fondé de pouvoirs de la princesse.

[8] Guillaume Féau, seigneur d'Izernai, qui était alors chargé de certaines négociations auprès de l'archiduchesse d'Autriche. *Catal. des actes de François Ier*, t. I, p. 704, n° 3683.

[9] L'argent recueilli pour payer la rançon de François Ier.

Monseigneur, j'ay adverty mons. de Villandry [1] comme il vous pleut me commander de vous envoier unes lettres du Roy pour la prolongacion du terme le xxve de ce mois passé, qui m'a dit que mons. de Baionne avoit charge vous satisfaire de cela, et qu'il n'estoit besoing vous en escrire. Les dits ambassadeurs de l'Empereur ont demandé quelques lettres reiteratives touchant le fait de Pointhièvre, dont ilz n'ont eu autre responce, sinon que l'on avoit assez escript.

Monseigneur, le Roy, en attendant la venue du dit Yzernay, que l'on espère dedans trois jours, doit aller à l'esbat à Montignac-Charente [2] lundi ou mardi, et estre là deux jours seulement, pour, selon que rapportera ledit Yzernay, s'approcher de vous à Bourdeaux [3] et par avanture plus près, ainsi que vous, Monseigneur, le povez myeulx entendre par les despesches qui vous en sont faictes.

Monseigneur, après m'estre plus que très humblement recommandé à vostre bonne grace, je supplie le Createur vous donner très longue et très bonne vie.

D'Engoulesme, ce sabmedi xxie jour de may.

Vostre très humble et très obeissant serviteur,

MACAULT.

Monseigneur, Messrs les cardinal de Lorraine et de Guyse m'ont dit à ce soir vous vouloir escrire, et commandé que je retirasse leurs lettres pour les vous envoier, ce que je feray demain, vous osant bien asseurer, Monseigneur, que ce sont princes desquelz vous povez faire estat de vraie et fidelle amitié [4].

L. DELISLE.

[1] Jean Breton, seigneur de Villandry, l'un des secrétaires du roi.

[2] François Ier passa tout le mois de mai 1530 à Angoulême, non loin de Montignac-Charente.

[3] François Ier était à Bordeaux le 13 juin 1530.

[4] Original probablement autographe, Musée Condé, Lettres de Montmorency, 1526-1538, fol. 313. (Série L, t. VIII.)

IMPRIMERIE NATIONALE. — Octobre 1900.

www.ingramcontent.com/pod-product-compliance
Lightning Source LLC
LaVergne TN
LVHW050505160826
845677LV00003B/959